www.ingramcontent.com/pod-product-compliance
Lightning Source LLC
LaVergne TN
LVHW041559070526
838199LV00046B/2049
9789360164010

Adwitya

The Power of Positivity

Creators

Srihaan Mukherjee
Sriparno Kumar
Ushashi Vaskar
Avisikta Kar
Sneha Santra
Rony Roy
Aditya Roy
Bidisha Barman
Bipasha Mondal
Poulami Nandy
Subham Balmiki

Ukiyoto Publishing

All global publishing rights are held by

Ukiyoto Publishing

Published in 2023

Content Copyright © Ukiyoto

ISBN 9789360164010

All rights reserved.
No part of this publication may be reproduced,
transmitted, or stored in a retrieval system, in any
form by any means, electronic, mechanical,
photocopying, recording or otherwise, without the
prior permission of the publisher.

The moral rights of the author have been asserted.

This is a work of fiction. Names, characters, businesses,
places, events, locales, and incidents are either the
products of the author's imagination or used in a
fictitious manner. Any resemblance to actual persons,
living or dead, or actual events is purely coincidental.

This book is sold subject to the condition that it shall
not by way of trade or otherwise, be lent, resold, hired
out or otherwise circulated, without the publisher's
prior consent, in any form of binding or cover other
than that in which it is published.

www.ukiyoto.com

In a world where adversity can seem insurmountable, there exists a story of profound courage and unwavering strength, woven in the tender bond between a mother and her daughter, Adwitya. Adwitya, born with a challenge that could have easily eclipsed the brightest of spirits, became the embodiment of resilience and inspiration in the eyes of her devoted mother. As the morning sun painted the room with a gentle warmth, the mother gazed upon her precious daughter, feeling an overwhelming sense of pride. She knew that their journey, defined by Adwitya's indomitable spirit, would stand as a testament to the incredible power of love and determination, transcending the limitations imposed by circumstance.

2

Created by Shrihaan Mukherjee

As she grew up Adwitya would stand by the window, crutches in hand, longing to play outside. Her heart ached for the freedom her one leg couldn't grant. Yet, her spirit burned with an unyielding fire, ready to conquer the world in its own unique way.

3

Created by Sriparno Kumar

Adwitya's gaze often lingered on the grand mango tree that stood in their yard, casting a welcoming shade. It was her sanctuary, a place where she could retreat and ponder life's mysteries. As she maneuvered her crutches with determination, she made her way beneath the tree's protective branches.

There, beneath the rustling leaves, Adwitya found solace and a moment of introspection. She often contemplated why life had dealt her this unique challenge. Why had God chosen to gift her with such a limitation when others ran freely, their laughter echoing through the air? The questions weighed heavily on her young heart, yet they also ignited a spark of curiosity.

In her moments of contemplation, Adwitya discovered an inner strength and resilience that transcended her physical limitations. She began to view her life's journey as a path less travelled, a path she had been chosen to walk for a purpose greater than she could yet fathom. Beneath the mango tree, she found the courage to redefine her perception of herself and her destiny.

Each day, as the sun set behind the tree, Adwitya's resolve grew stronger. She realized that her unique perspective and the challenges she faced would ultimately shape her into a beacon of inspiration for others. Her disability was not a curse but a canvas upon which she could paint a life filled with courage, hope, and an unwavering determination to prove that God's plan for her was as extraordinary as she was.

Created by Ushashi Vaskar

Soon it was time for the much awaited Durga Puja. Adwitya's neighborhood came alive with vibrant colors and festive energy. With great anticipation, Adwitya joined her neighbors, her crutches in hand, as they set out to visit the resplendent Durga idol. The air was filled with the sweet scent of incense and the rhythmic beats of dhak drums, echoing through the streets.

6

As they approached the dazzling pandal, Adwitya felt a sense of unity and inclusion that transcended her physical limitations. Surrounded by friends and neighbors, she marvelled at the intricate artwork of the idol and the spirit of celebration that enveloped the crowd. In that moment, she understood that her unique journey was a part of a greater tapestry, where diversity and strength blended harmoniously. Adwitya's presence served as a living testament that life's challenges, when faced with courage and determination, could not hinder the pursuit of joy, unity, and the celebration of the human spirit.

Created by Avisikta Kar

Standing before the resplendent Goddess Durga, Adwitya's eyes filled with awe and inspiration. The divine figure exuded strength, grace, and fearlessness, and she couldn't help but wonder if she could be like her someday. The deity's multi-armed form represented the ability to overcome any challenge and protect the vulnerable.

In that sacred moment, Adwitya found a new source of motivation. She realized that like the goddess, she too possessed the strength to conquer her own limitations and protect the light of hope within her heart. Adwitya's journey was not just a quest for personal triumph but a path towards becoming her own version of a fearless warrior, defying the odds with grace and determination.

Created by Sneha Santra

As Adwitya gazed at the magnificent Goddess Durga, she couldn't help but be drawn to the powerful symbolism of the moment. The goddess, with her piercing trishul (trident), struck a resolute image as she skewered the demon Mahisasura, vanquishing the embodiment of evil.

Adwitya, inspired by the scene, saw a profound metaphor within it. Just as Durga had vanquished the demon, she contemplated her own inner demons—those doubts, fears, and insecurities that had been her constant companions due to her physical condition. The trishul, in that moment, seemed to signify the power to pierce through negativity and adversity.

With a newfound determination, Adwitya resolved to channel the goddess's strength into her own life. She envisioned herself piercing her metaphorical demons, overcoming the negative thoughts and energy that had held her back. She aspired to move forward with unwavering positivity, just as Goddess Durga stood victorious over Mahisasura.

Adwitya knew it wouldn't be an easy journey, but the divine image of the goddess instilled within her the faith that she too could conquer her inner struggles and emerge stronger, driven by the transformative power of positivity and determination. In the presence of Durga, she found the strength to face her challenges head-on and redefine her destiny with a heart filled with courage and unwavering hope.

10

Created by Rony Roy

On the auspicious day of Nabami, the ninth day of the Durga Puja festivities, the neighborhood came alive with a unique celebration. An inter-neighborhood chess competition had been arranged, and Adwitya was selected to represent her community. The decision was a testament to the admiration and respect she had earned from her neighbors.

Adwitya, with a heart brimming with excitement and determination, embraced the challenge. She saw the competition as an opportunity to demonstrate the same fierce spirit and strategic thinking that she had witnessed in the Goddess Durga. She was ready to face her opponents with grace and resilience, just as the goddess had faced Mahisasura.

As the day unfolded, Adwitya's journey through the chessboard mirrored her life's journey. With each move, she confronted obstacles and challenges, often manoeuvring in ways that her opponents didn't expect. Her crutches, like the goddess's trident, symbolized her strength and the ability to overcome barriers.

The atmosphere was filled with tension and anticipation, but Adwitya's unwavering spirit shone through, and she emerged victorious, much like the goddess in her divine battles. Her triumph on Nabami was not just a chess victory; it was a manifestation of her inner strength, and an inspiration for all who witnessed her journey. Adwitya had indeed become a living example of courage and resilience, proving that even in the face of adversity, one can achieve greatness.

Created by Aditya Roy

In the midst of the inter-neighborhood chess competition, the odds appeared stacked against Adwitya's team. One by one, her fellow teammates faced challenging defeats, leaving it all in Adwitya's hands. She felt the weight of her community's hopes resting on her young shoulders.

Undeterred, Adwitya stepped up to the board with unwavering determination. Her opponents were senior players, well-versed in the intricacies of the game. However, Adwitya had a different kind of strength – her sharp mind and strategic brilliance. She played each move with a meticulous precision, her crutches never hindering her focus.

As the game unfolded, Adwitya's resilience became even more apparent. She navigated the chessboard like a master, surprising her opponents with her calculated moves. Each piece she captured was a step towards victory, much like Goddess Durga's triumph over the demon.

Created by Bidisha Barman

In the end, Adwitya emerged victorious, outwitting her seasoned adversaries. Her win was not just a triumph for her community, but a triumph of the human spirit over adversity. Adwitya had shown that limitations could be overcome with intelligence, determination, and courage, and in doing so, she had become an inspiration not only to her neighborhood but to all who witnessed her remarkable journey.

Created by Bipasha Mondal

On that memorable day, Adwitya stood tall, beaming with pride, her heart swelling with joy. Her friends, family, and neighbors gathered around her, erupting in cheers and applause. The air was electric with a sense of celebration that resonated throughout the neighborhood.

Adwitya had achieved something remarkable. With her unwavering determination, strategic brilliance, and the spirit of a true warrior, she had not only won the chess competition but had also brought home the golden trophy, a prize that had eluded their community for a decade. It was a momentous occasion that united everyone in a shared sense of triumph and hope.

Her victory was not just a personal one; it symbolized the power of the human spirit to overcome adversity. Adwitya had become an inspiration not only to her neighborhood but to people far and wide. She had shown that no challenge was insurmountable with courage, intelligence, and sheer determination. Her win was a testament to the boundless possibilities that life held, even in the face of seemingly insurmountable odds. Adwitya had made her community proud and, in doing so, had become a shining example of resilience and triumph.

Created by Poulami Nandy

Adwitya's remarkable journey had transformed her in ways she could never have imagined. As she stood before the Goddess Durga, she felt an overwhelming sense of gratitude and strength. The divine image of the goddess, who had vanquished her enemies, resonated deeply with Adwitya's own inner battle.

Just as Durga Ma had conquered all adversities, that very day, Adwitya had slain her inner demons. Her triumph in the chess competition was not just a victory over her opponents; it was a victory over self-doubt, fear, and limitations. With each move on the chessboard, she had moved closer to a life filled with positivity, joy, and success.

Adwitya had discovered her own trishul, the power within her to pierce through negativity and emerge stronger, just as Goddess Durga had. She embraced her uniqueness and recognized that her journey was an inspiration to all who faced challenges in life. Her future, once clouded with uncertainty, now shone with the promise of limitless potential. With the strength of Durga Ma's blessings and her newfound courage, Adwitya was prepared to conquer whatever lay ahead, turning each obstacle into a stepping stone towards a future filled with joy and accomplishment.

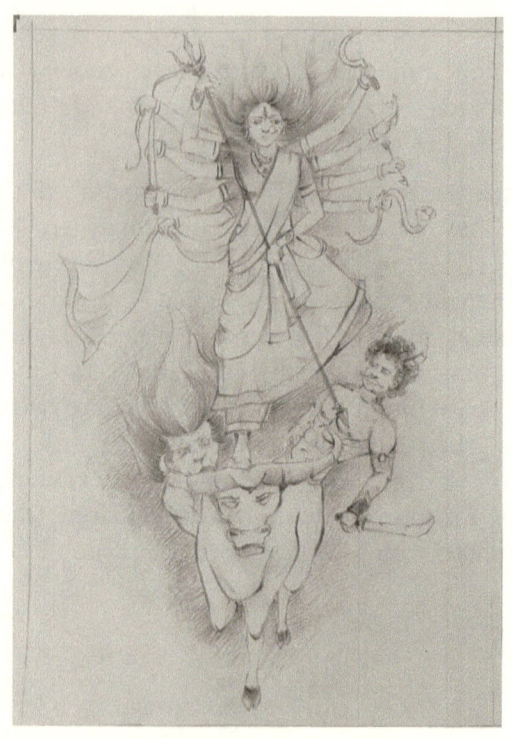

19

Created by Subham Balmiki

The End

ধরেছিল দেবলীনা, সেই মুহূর্তে একটি রিপোর্টার এসে মাইক এগিয়ে দিয়ে ক্যামেরা তাক করে বলে ওঠে "আগে জেনে নেব চ্যাম্পিয়নের নাম যিনি বিজয়ী হয়ে রোমে যাবেন টুর্নামেন্ট খেলতে!" রুমি একে একে ঐতিহ্য, দেবলীনা, নিয়তি, শুভেচ্ছা, ললিতা আর ওর মায়ের দিকে তাকিয়ে, ক্রাচ ধরে উঠে দাঁড়িয়ে দৃপ্ত কণ্ঠে বলে "আমি অদ্বিতীয়া"..!হলঘরের দেওয়াল ভেদ করে সেই মুহূর্তেই ভেসে আসে মায়ের বোধনের মন্ত্র আর ঢাকার উদাত্ত বোল, দুর্গা মাইকি জয়!

Created by Subham Balmiki

সমাপ্ত

Created by Poulami Nandy

হঠাৎই খেলার রাস চলে যায় বিক্রমের হাতে, তারপর ক্রমে এগিয়ে চলে "গেম স্টেলমেট" অথবা ড্র এর দিকে! ঐতিহ্য হতাশ হয়ে সিটে বসে পড়ে আর ঠিক সেই মুহূর্তে দেবলীনার উচ্ছ্বাসের আওয়াজে তাকিয়ে দেখে রুমি অত্যন্ত বুদ্ধিমত্তার সাথে খুবই রেয়ার একটি মুভ খেলে ড্র এড়িয়েছে। "আন্ডার প্রমোশন অফ বিশপ" চালটি খেলে বিক্রমকে বোকা বানিয়ে ম্যাচ পয়েন্টের কাছে চলে এসেছে! অবাক বিস্ময়ে, টেবিলের কাছে এগিয়ে আসার আগেই হাততালি শুনে ঐতিহ্য বোঝে রুমি জিতে গিয়েছে। অজান্তেই ওর চোখ বেয়ে জলের ধারা নেমে আসে। রুমিকে জড়িয়ে

ষষ্ঠীর সকাল। এই বছরটাও অন্যান্য বছরের মতোই শুরু হলো রুমির।শুধু এবার ঐতিহ্য, নিয়তি আর দেবলীনার সাথে পুজোর মণ্ডপে গিয়ে দাঁড়ালো সে। মাতৃ মূর্তির দিকে তাকিয়ে অন্যবারের মতোই নিজের শিরায় শিরায় অনুভব করলো নব শক্তির আভাস, তারপর ঐতিহ্যর ফিকে টদকিয়ে আত্মবিশ্বাসী ভাবে বলল "আমি পারব, কাকু!" খেলা শুরু হলো সিনার গ্রুপকে দিয়ে। দেবলীনা দুটো খেলায় পরপর জিতে তৃতীয় খেলা ড্র করল। ফলে অন্যান্যদের খেলার ফলের জন্য ওকে অপেক্ষা করতে হলো। এদিকে শুরু হলো আন্ডার সিক্সটিন গ্রুপের খেলা। গুজরাটের একটি মেয়েকে হারিয়ে ফাইনালে উঠল রুমি। উল্টোদিকে অদ্ভুত সমাপতনে আবার আগের বারের রানার্স আপ বিক্রম। এই বছর ওর শেষ আন্ডার সিক্সটিন ম্যাচ। বিক্রমের সম্ভবত মনে ছিল আগেরবারের কথা, রুমির সঙ্গে দেবলীনাকে দেখে ওর চোয়াল শক্ত হয়ে উঠল। রুমি বুঝল হারের বদলা নিতে চায় বিক্রম। হলের এক কোণে ললিতা, শুভেচ্ছা আর যমুনা বসেছিল। আজ লাহা বাড়ি থেকে সে ছুটি নিয়েছে আর সকাল থেকে ঠাকুরকে ডাকছে। খেলা শুরু হলো। চাল আর পাল্টা চালে কেউ যেন কম যায়না! বিক্রমের চোয়াল শক্ত আর রুমি শান্ত। এদিকে ঐতিহ্য আর দেবলীনা টেনশনে পায়চারি করছে ক্রমাগত।

ভাবতো তার মতো বিত্তশালী বুঝিবা কেউ নেই! এই এতো মানুষের নিঃস্বার্থ ভালোবাসা পাওয়ার ভাগ্য একমাত্র তারই আছে | ক্রমে অসিনের শারদ প্রাত এগিয়ে এলো ! সামনেই দূর্গাপূজা এবং যতীন্দ্রমোহন সর্বভারতীয় দাবা প্রতিযোগিতাও | এবারেও এন্ট্রি ফী কাউকে দিতে না করেছে রুমি কারণ এতদিন ধরে তার জলপানির টাকা জমিয়ে যা হয়েছিল সেটা একসময় সে ভেবেছিলো মায়ের হাতে তুলে দেবে ঘর সারানোর জন্য কিন্তু যমুনার অনুরোধেই টাকাটা দিয়ে প্রতিযোগিতায় নাম নথিবদ্ধ করেছে রুমি ! এবার প্রতিযোগিতায় আরেকটি চমক রয়েছে | বিজয়ীরা সরাসরি রোমে আন্ডার সিক্সটিন আন্তর্জাতিক টুর্নামেন্ট খেলার সুযোগ পাবে ! দেবলীনা এবার সিনিয়ার গ্রুপে খেলবে কিন্তু ওরা সকলেই এবার বেশি আশাবাদী রুমিকে নিয়ে |

Created by Bipasha Mondal

করেছে কিন্তু আসল পরীক্ষা তো আবার সেই পুজোর সময়েই হবে ! তাই বাড়তি কোনো উচ্ছ্বাস দেখায়নি কেউই |

Created by Bidisha Barman

নিয়ম করে চলেছে অনুশীলন আর পাশাপাশি বোর্ড পরীক্ষার প্রস্তুতি। শুভেচ্ছা ঐতিহ্যদের বাড়ি এসে পরিয়ে যেত রুমিকে | রুমি মাঝে মাঝে

রুমিকে নিজের ছাত্রী হিসাবে গ্রহণ করেছে | রীতিমতো ঘন্টা দুয়েক নানান দাবার মারপ্যাঁচ নিয়ে কথা বলে ও সামনাসামনি ওকে খেলতে দেখে ঐতিহ্য নিশ্চিত হয়েছেন পঙ্গু মেয়েটির মধ্যে সম্ভাবনা সমুজ্জ্বল | মেয়েটির অর্থনৈতিক অবস্থার কথা শুনে তিনি বুঁজেছেন বাড়িতে থেকে ওর প্র্যাংকটিস করা অসম্ভব তাই গনি এক বছরের জন্য ওকে নিজের বাড়িতে দেবলীনার সঙ্গে থাকার অনুমতি নিতে যমুনার কাছে গিয়েছিলেন তিনি | যমুনা কী বলবে ভেবে পায়নি শুধু হাপুস নয়নে কেঁদেছে আর বারবার ঐতিহ্যের পা ছুঁতে গিয়েছে কৃতজ্ঞতায় | রুমি চুপ করেই ছিল, হঠাৎই ওর ভাগ্য এমন একটা বাঁক নেবে ও বোঝেনি | যেদিন দেবনারদের বাড়িতে গিয়ে ও উঠলো, ঐতিহ্য কিছু সতীর্থ নাক কুঁচকে রুমিকে দেখে বললো " তুই এতো গল্পকথায় বিশ্বাস করিস জানতাম না ! একটা কোথাকার সব স্ট্যান্ডার্ড মেয়েকে নিয়ে বাড়ি চলে এলি দেবুর মতো করে কোচ করবি বলে ! ও আদৌ পড়তে বা বুঝতে পারবে চেস সম্পর্কীয় বই পত্তর ? শুধু প্র্যাকটিস করলে চলবে কী ?" ঐতিহ্য প্রতিবাদ করেননি কিন্তু অপাঙ্গে দেখেছিলেন দরজার কোণে দাঁড়িয়ে থাকা রুমির মুখের ভাব! অদ্ভুত শান্ত চোখে চেয়েছিলো মেয়েটি ! তারপর থেকে রুটিন বেঁধে পড়াশোনা, স্কুল আর বাকি সময় অনুশীলনে কাটছিলো রুমির | দেবলীনার সঙ্গে গেমের পর গেম খেলে সাবলীল হয়ে উঠছিলো ক্রমে | রুমির বৌদ্ধিক চেতনা নিয়ে কোনো সন্দেহ আর ছিল না ঐতিহ্যের মনে | ওই বস্তির ঘরে থেকে কোন জাদু কাঠিতে এতো শার্প একটা মেয়ে তৈরী হলো সেটাই অবাক করতে তাকে ! মাঝে মধ্যে সবাই ঘুমিয়ে পড়লে রুমি বারান্দায় এক আকাশের দিকে তাকিয়ে দাঁড়িয়ে থাকত | কথাটা দেবলীনার মা নিয়তি ঐতিহ্যকে বলেছিলো | একদিন জিজ্ঞেস করতে রুমি মাথা নিচু করে মৃদু স্বরে উত্তর দিয়েছিলো সে তার বাবাকে খোঁজে তারার মধ্যে | ঐতিহ্য আর কিছু বলেননি কিন্তু দেবলীনা, নিয়তি আর ঐতিহ্য এককরে নিয়েছিল মেয়েটিকে | সময় থিম থাকে না, ইতিমধ্যে দু একটা স্থানীয় প্রতিযোগিতায় রুমি অত্যন্ত ভালো ফল

11

Created by Aditya Roy

দেবলীনার বাবা এবং কোচ ঐতিহ্য বড়ুয়া রুমির মায়ের কাছেও এসেছিলেন | ওর মায়ের অনুমতি নিয়ে ওকে নিজের বাড়ি নিয়ে গেছেন | আগামী ১ বছর উনি নিজে রুমিকে বিনা পারিশ্রমিকে কোচ করবেন | শুভেচ্ছাও এই ঘটনায় খুশি | দেবলীনা আগামী বছর সিনিয়ার গ্রুপে দাবা খেলবে অতএব আন্ডার সিক্সটিন গ্রুপে ঐতিহ্য বড়ুয়া রুমিকে খেলাবেন | এটা ভাবা ভুল যে শুধু সেদিনের ঘটনায় প্রভাবিত হয়ে বা মেয়ের কোথায় গোলে গিয়ে ঐতিহ্য

দেবলীনার মাথা কাজ করছে না, সে এক হাতে মাথার একদিকটা ধরে বসেছিল এদিকে দেন ফেলার সময় প্রায় উত্তীর্ণ! বিক্রমের মুখের হাসি চওড়া হচ্ছিলো, রুমি নিজেকে আর ধরে রাখতে পারলো না ! বেশ জোরেই বলে ফেললো "পওন প্রমোশন"! নানানা কথা আর মন্তব্যের মাঝে কেউ ওর কথা শুনতে পেলো কিনা জানা নেই কিন্তু দেবলীনা হঠাৎ যেন সোজা হয়ে বসলো আর ঠিক সেই দানটাই দিলো যেটির নাম রুমির মুখ ফস্কে বেরিয়েছিল! বিক্রমের মুখের হাসি মিলিয়ে গিয়েছিলো, কারণ এই দানটিতে যেকোনো সময় রঙের বেশি শক্তিশালী ঘুঁটিকে যেকোনো স্থানে নিয়ে যাওয়া যায় ! পনেরো মিনিট পর চেকমেট বলে দেবলীনা উঠে দাঁড়ালো আর রুমি হাততালি দিয়ে উঠলো! চ্যাম্পিয়নকে ঘিরে স্বাভাবিক উন্মাদনা চলাকালীন রুমি ক্রাচটা নিয়ে আস্তে আস্তে হল ছেড়ে বেরিয়ে যাচ্ছিলো! ওর প্রিয় দাবাড়ু যেতে ওর মুখে একটা আলগা হাসি লেগে ছিল | দরজার কাছে পৌঁছানোর আগেই ওর কাঁধে কেউ হাত রাখলো! রুমি ঘুরে তাকিয়ে অবাক হয়ে দেখলো দেবলীনা দাঁড়িয়ে আছে! "আই ওয়ান্টেড তো থ্যাংক ইউ, "পওন প্রোমোশনের" কথা মাথায় আসছিলো না, খুব চাপে পড়ে গিয়েছিলাম, তোমার কথাটা না শুনলে আজ ম্যাচটা বেরিয়ে যেত! আমার মা খুব অসুস্থ তাই মনটা অস্থির ছিল | অনেক ধন্যবাদ! তুমি কী দাবা খেলো ? এখানে নাম দাওনি কেন ?" একনাগাড়ে কথাগুলো বলে দেবলীনা সপ্রশ্ন দৃষ্টিতে ওর দিকে তাকালো | রুমি মলিন হাসলো তারপর বললো "তুমি আমার কথা শুনতে পেয়েছো বুঝিনি, তুমি হেরে গেলে খারাপ লাগতো! আমি দাবা খেলি কিন্তু প্রতিযোগিতায় নাম দেওয়ার ক্ষমতা আমার নেই, তাই তোমায় জিততে দেখে মনটা ভরে গেলো| " রুমির কথা শুনে দেবলীনা স্তব্ধ হয়ে কিছুক্ষন ওর মুখের দিকে তাকিয়ে থাকলো তার চিৎকার করে ডেকে উঠলো "বাবা, বাবা, প্লিস এদিকে এসো, আই নিড ইউ টু মিট মাই ফ্রেন্ড!"

প্রতিযোগিতার বিজয়ীরা তার তত্ত্বাবধানেই গোর্কি সদনে এক বছর নানান বিখ্যাত দাবাড়ুর কাছে কোচিং পাবে এবং পরবর্তীতে স্পেনে অনুষ্ঠিত আন্তর্জাতিক মানের প্রতিযোগিতায় অংশ নিতে পারবে এবং তৎপরবর্তী কালে পয়েন্টের ভিত্তিতে ইন্টারন্যাশনাল মাস্টারশিপ টুর্নামেন্টে খেলতে যেতে পারবে | পুরো ব্যাপারটার বিস্তৃতি অপার | ঐতিহ্য বড়ুয়া অত্যন্ত আশাবাদী টুর্নামেন্টটি নিয়ে | মিডিয়া হাউসগুলোও প্রচুর লেখালেখি করেছে এই আসন্ন ঘটনার সম্মন্ধে | পুজোর প্রথম দিন ষষ্ঠী থেকেই খেলা শুরু হবে বিভিন্ন বিভাগে, আর তা চলবে দশমী পর্যন্ত! খেলা যেই সুবিশাল শীততাপনিয়ন্ত্রিত হলঘরে হবে, সেখানে বসানো মা দুর্গার প্রতীকী মূর্তি | হলে খেলার লম্বাটে জায়গাটুকু বাদ দিলে দর্শকাসনে তিল ধরণের জায়গা নেই | অধিকাংশ লোকই প্রতোযোগদের বাড়ির লোক. এছাড়াও সাংবাদিক ওর টিভি ক্যামেরা ম্যান ভর্তি | রুমি আগেভাগেই গিয়ে সামনাসামনি একটা আসনে বসেছে | ক্রাচ নিয়ে ওর চলতে ফিরতে কষ্ট হবে বলে সে অনেক আগেই ও পৌঁছে গিয়েছে| আশপাশের লোকেরা ওর অপেক্ষাকৃত মলিন বসন আর ক্রাচ দেখে একটু উপেক্ষার দৃষ্টিতেই দেখেছিলো কিন্তু ওর হাতে বিদ্যমান পাসের কারণে কারুর কিছু বলার ছিল না ! প্রথম দিনেই খেলা চলছিল আন্ডার সিক্সটিন গ্রুপের| গোটা আটেক লীগ ম্যাচের পর ফাইনালে মুখোমুখি হলো বিক্রম পুরোহিত বলে দিল্লির একটি ছেলে আর দেবলীনা বড়ুয়া নামে কলকাতার একটি মেয়ে| দুজনেই প্রায় রুমির বয়সী | লীগ ম্যাচের সময়ে লম্বা টেবিলের দুদিকে বসে খেল হলেও ফাইনালে ওরা দুজন একটা গোল টেবিলের দুপাশে বসলো এবং দর্শকরা এগিয়ে এলো গোলাকার করে | সব দৃষ্টি ওদের উপর নিবদ্ধ, এমনকি টিভির ক্যামেরাও | খেলা জমে উঠেছে | পাল্লা একবার বিক্রমের দিকে ঝুঁকছে আর একবার দেবলীনার দিকে |রুমি রুদ্ধশ্বাসে খেলা দেখছিলো, মনে মনে মিষ্টি চেহারার দেবলীনার প্রতি তার সমর্থন বেড়ে যাচ্ছিলো কিন্তু দেবলীনা কোনঠাসা হয়ে গিয়েছিলো আর বিক্রম আত্মবিশ্বাসী | একটা সময় মনে হলো

সংশয় ছিল এই ভাবে যে যেই হলঘরে প্রতিযোগিতা হবে সেখানে সে ঢুকতে পারবে কিনা কিন্তু শুভেচ্ছার চেষ্টায় একটা ৫ দিনের পাস্ জোগাড় হয়েছে, তাই সে নিশ্চিন্তে খেলা দেখতে পাবে | বড়দির প্রতি কৃতজ্ঞতার সীমা নেই রুমির |

Created by Rony Roy

যতীন্দ্রমোহন সর্বভারতীয় দাবা প্রতিযোগিতায় শুধু কলকাতা নয়, দেশের বিভিন্ন প্রান্তের প্রায় ২৫০ জন প্রতিযোগী অংশগ্রহণ করছে | প্রতিযোগিতায় মুখ্য ভূমিকা নিয়েছেন কলকাতার গ্র্যান্ডমাস্টার ঐতিহ্য বড়ুয়া | এই

7

ইদানিং যতীন গার্ডেনের পুজো ঘিরে অন্য উন্মাদনা | জাতীয়মানের দাবা প্রতিযোগিতা সংগঠিত হবে এবার থেকে পুজোর পাঁচদিন এবং এখন থেকে বিভিন্ন বিভাগের বিজয়ীরা আগামীতে গোর্কি সদনে বিশেষ কোচিংপ্রাপ্ত হবে আন্তর্জাতিক মানের দাবা টুর্নামেন্ট খেলার জন্য | বহু নামী দামী স্কুল ও কলেজের ছেলে মেয়েরা নাম দিয়েছে আর সেই আকর্ষণে যতীন গার্ডেনের পুজো হয়ে উঠতে চলেছে অনন্য | রুমির কাছে এই খবরের একটি অন্য মাত্রা আছে | শুভেচ্ছা রুমিকে অনেক ছোট বয়স থেকেই দাবা খেলা শিখিয়েছেন| উনি ভেবেছিলেন যেহেতু রুমি শারীরিক কসরতযুক্ত খেলা থেকে বঞ্চিত, দাবা খেললে ওর সময় আর মাথা দুইয়ের সাধু ব্যবহার হবে | অচিরেই রুমি দাবা খেলা আয়ত্ত করে শুভেচ্ছাকে অবাক করে দিয়েছে | তার পরবর্তীতে তিনি শুধু রুমির জন্য এদিক ওদিক থেকে নানান বই সংগ্রহ করে এনে দিয়েছেন যা থেকে রুমি অনেককিছুই শিখেছে | সে আজকের দিনে রীতিমতো ইন্টারন্যাশনাল মাস্টার আর গ্র্যান্ডমাস্টারদের খেলার ধরণ আর মুভ ফলো করে | ওর নিজের মোবাইল ফোন নেই তাই শুভেচ্ছার বাড়ি এলে ওরই একটি পুরোনো ফোন ঘেঁটে ঘেঁটে এসব দেখতে থাকে রুমি | অবশ্য এইবারের পুজোয় দাবার প্রতিযোগিতায় ওর নাম দেওয়ার প্রশ্নই নেই | এন্ট্রি ফী ৫০০০ টাকা সেটা ওর সাধ্যের বাইরে| ওর বড়দি, শুভেচ্ছা টাকাটা দেবেন বলেছিলেন কিন্তু রুমি বারণ করেছে | সে প্রাণ থাকতে কিছুতেই এতবড় অঙ্কের টাকা কারুর থেকে সাহায্য নিতে পারবে না | আর মাকেও ও একথা বলতে পারেনি কারণ ও জানে মা টাকা জমাচ্ছে ওদের বস্তির ঘরটার ছাদটা ঠিক করবে বলে | ওতে ফুটো হয়ে যাওয়ায় বর্ষায় ঘরের সব ভিজে যায় অহরহ| খুব কষ্ট হয় তখন সব শুকোতে | তবে প্রতিযোগিতায় অংশগ্রহণ নাহয় নাই করতে পারলো, তা বলে সেই প্রতিযোগিতা নিয়ে উৎসাহের কোনো ঘাটতি নেই ওর মনে| অধীর আগ্রহে সে দিন গুনছে কবে ষষ্ঠী আসবে আর সে ওখানে প্রতিযোগীদের খেলা দেখতে যাবে ! প্রথমে ওর মনে একটু

মায়ের কৃপাদৃষ্টিতে যেন ওর মনন আলোকিত হয়ে ওঠে প্রতিবার | কোনোদিন ওর মনে হয় না দুর্গামায়ের কাছে অভিযোগ করে, কেন যত দুর্ভাগ্য গরিবদের ভাগ্যেই জুটবে বরং প্রতিমার দশ হাত দেখে ওর প্রতিজ্ঞা আরো দৃঢ় হয় "অদ্বিতীয়া" হয়ে ওঠার লক্ষ্যে | যতীন গার্ডেনের লাহা বাড়িতেই যমুনা বাচ্চা দেখার কাজ করে | সেই সুবাদে কোলে লাহাবাড়ির কনিষ্ঠ সন্তানটিকে নিয়ে সেও যায় মণ্ডপে | দু একবার রুমিদের সাথে দেখাও হয়েছে তখন, কিন্তু কাজ ছেড়ে মেয়েটার হাতটাও ধরতে পারেনি যমুনা | মন দ্রব করে, অঞ্চলের খুঁট থেকে ৫-১০ টাকা মেয়ের হাতে দিয়ে সে বলেছে কিছু কিনে খেতে কিন্তু মেয়ে তার অন্য ধাতুতে গড়া | মাকে সান্ত্বনা দিয়ে সে মিষ্টি হেসে বলেছে ওসবের কোন প্রয়োজন নেই, শুধু পুজো দেখতে পেলেই ওর মন ভরে ওঠে |

Created by Sneha Santra

5

Created by Avisikta Kar

সর্দারপাড়ার অল্প দূরত্বে যতীন গার্ডেনের বিত্তশালী পাড়া | সেখানে সকলেই সম্ভ্রান্ত, আকাশচুম্বী ফ্ল্যাটবাড়ি আর নিজস্ব বাংলোর ছড়াছড়ি | সেই পাড়াতেই কাজ করে যমুনা | যতীন গার্ডেনের দূর্গা পূজা শহর বিখ্যাত | লক্ষ লক্ষ দর্শনার্থী, প্রাইজ আর সেলিব্রিটির ভিড়ে সর্বদা শিরোনামে | সর্দারপাড়ার লোকগুলিও পুজো দেখতে ওই পাড়াতেই যায় | আসলে মা দুর্গার কাছে সন্তানদের সামাজিক বা অর্থনৈতিক অবস্থান গুরুত্ব রাখেনা তাই পুজোর সময়ে দর্শনার্থীদের ভিড়ে বা অঞ্জলীর পংক্তিতে নিজেদের সেরা পোশাক পরে অংশগ্রহণ করে রুমিরাও | কখনও নিজের একমাত্র বান্ধবী ললিতা আর কখনও ওর ন্যাওটা বাচ্চাগুলোকে নিয়ে ক্রাচে ভর করে রুমি পৌঁছে যায় যতীন গার্ডেনের পুজো মণ্ডপে। দুর্গা মায়ের মুখের অনাবিল সৌন্দর্য্য দেখতে দেখতে আলোকিত হয়ে ওঠে ওর মন, নিজেকে আর পঙ্গু মনে হয় না।

Created by Ushashi Vaskar

পাড়ার রুমি এখন ওই বস্তির রুমিদিদি | বিকেলে নিজের পড়ার সাথে সাথে কচিকাঁচাগুলোকে অঙ্ক শেখায় | যমুনা, প্রানপন খাটে আর ভাবে একদিন তার পঙ্গু মেয়েটাই ওর মুখ উজ্জ্বল করবে | একদিন সেও বাবুদের বাড়িতে গিয়ে গর্ব করে বলবে "আমার মেয়ে পাশ দিয়েছে!" সর্দারপাড়ায় মা মেয়ের জীবন কাটে আগামীর অপেক্ষায়! রুমির ক্রাচদুটো একদিন ওদের পরিবারের শক্ত খুঁটি হবে, হবেই এমনটাই ভাবে যমুনা, শুভেচ্ছা এমনকি রুমি নিজে | স্বপনের যেই মলিন ছবিটা ওদের বস্তির ঘরের দেওয়ালে ঝোলে সেটার দিকে তাকিয়ে দেখলেও যেন মনে হয় ছবির চোখদুটো উজ্জ্বল, রুমির "অদ্বিতীয়া" হয়ে ওঠার অপেক্ষায় |

3

রুমি এখন ক্লাস নাইনে পড়ে, জলপানি পায় | মায়ের মুখে শোনা ওর জন্য ওর বাবার স্বপ্নকে সত্যি করতেই মেয়েটা মন দিয়ে পড়াশোনা করে | বাড়ির টুকটাক কাজ করে মাকে সাহায্য করতে, তবে ক্রাচ নিয়ে সব কিছু করা খুব কষ্টের তাই যতটুকু সম্ভব ততটুকুই করে থাকে | ওর মা ছাড়া আরেকজনও রুমিকে আগলে রেখেছেন | তিনি হলেন রুমির স্কুলের বড়দি শুভেচ্ছা দিদিমনি | শুভেচ্ছা সেনগুপ্ত বহুদিন সরকারি স্কুলের প্রধান শিক্ষিকা | সাধারণত মেয়েদের দেখে এসেছেন সামান্য অক্ষরজ্ঞানের পড়ি স্কুল ছেড়ে দিতে| মোটামুটি কাজ চালানোর মতো পড়তে লিখতে শিখলেই কোনো বাড়িতে পরিচারিকার কাজ বা নিদেনপক্ষে বিয়ে হয়ে যাওয়াটা এখানকার দস্তুর| কিন্তু রুমি তাদের থেকে আলাদা | অবশই পরিচারিকা হওয়ার দৌড়ে বা বিয়ের বাজারে খোঁড়া মেয়ের দর নেই, কিন্তু তা ছাড়াও মেয়েটির অসামান্য বুদ্ধিমত্তা শুভেচ্ছাকে মুগ্ধ করেছে | উনি নিজের কর্তব্যের বাইরে গিয়েই পড়ান রুমিকে, শুধু পুঁথিগত শিক্ষা নয়, অনেক কিছু সম্বন্ধেই ওকে অবগত করার চেষ্টা করেন | রুমির মায়ের পাশাপাশি তিনিও স্বপ্ন দেখেন "অদ্বিতীয়া" কে নিয়ে | পাঁকের মধ্যে যেমন পদ্ম ফোটে, উনিও তেমনই রুমিকে নিয়ে আশাবাদী | জলপানি পরীক্ষায় প্রথম হয়ে আপাতত পড়াশোনার খরচ লাঘব করেছে সে, আগামীতে আরো উজ্জ্বল ফলের আশা তাকে নিয়ে করে যায় | আর রুমি ? সে কী ভাবে নিজেকে নিয়ে? শান্ত,কৃশকায়া মেয়েটির দুচোখে যন্ত্রণার ক্লিষ্টতা চোখে পড়েনা, শুধু চোখে পড়ে অদম্য জেদ আর ধৈর্য্য ! নিজের ভবিষ্যৎ নিয়ে সে কতটা ভেবেছে সেটা বোঝা না গেলেও মায়ের আর ওর "মনে না থাকা" বাবার স্বপ্ন সে সত্যি করবে, সেটুকু সবাই বোঝে |

আজ পঙ্গু| সঠিক চিকিৎসা হলে কী হতো জানা নেই কিন্তু ওর মা যমুনার সঙ্গতি তখন শূন্য ছিল | স্বপন একটা দোকানে হিসাব লেখার কাজ করতো| রুমি শুনেছে, ওর বাবা নাকি পড়াশোনা জানতো, হয়তো সেই মেয়েকে নিয়ে স্বপ্ন দেখেছিলো বলে নাম রেখেছিলো "অদ্বিতীয়া" | স্বপনের চলে যাওয়ার পর থেকে রুমির মা লোকের বাড়িতে খেটে রোজগার করে | কোথাও, রান্না, কোথাও ঠিকে কাজ আর লাহাবাবুদের বাড়িতে বাচ্চা রাখার কাজ | রুমি প্রতিবেশীদের বাড়ি থেকে মানুষ | হাঁটার সমস্যার জন্য এমনিতেই ও কখনো দুরন্ত ছিল না | পাড়ার অবৈতনিক স্কুলে পড়তো, আর বই নিয়ে বসে থাকত তাই কারুর বাড়িতে রেখে গেলেও তাদের কোনো অসুবিধা হতো না | বস্তিতে একে অপরের সাথে বিবাদ যেমন থাকে তেমন সাহায্যের হাতও কেউ না কেউ বাড়িয়ে দেয় |

Created by Sriparno Kumar

1

কে যে ওর নাম রেখেছিলো "অদ্বিতীয়া", কে জানে ? জ্ঞান হওয়া ইস্তক রুমি জানে তার কপালে সারাজীবন অশেষ দুঃখ আছে, সুতরাং তার ইস্কুলে অদ্বিতীয়া নামটা বড়োই বেমানান। সেই বস্তিতে রুমি ওর মায়ের সঙ্গে থাকে সেখানে কেউ ওর এই নাম জানেও না !

Created by Shrihaan Mukherjee

ক্রাচের উপর ভোর দিয়ে হাঁটা বছর ১৫র রুমি তাই আশপাশের বাসিন্দাদের কাছে করুনার পাত্র। রুমি শুনেছে ওর ২ বছর বয়সে বাবা স্বপন এক্সিডেন্ট হয়ে মারা যায়। কোলে সে সময়ে ছিল রুমি। সেই এক্সিডেন্টের ফলেই ও

All global publishing rights are held by

Ukiyoto Publishing

Published in 2023

Content Copyright © Tulika Majumdar
ISBN 9789360164010

All rights reserved.
No part of this publication may be reproduced, transmitted, or stored in a retrieval system, in any form by any means, electronic, mechanical, photocopying, recording or otherwise, without the prior permission of the publisher.

The moral rights of the author have been asserted.

This is a work of fiction. Names, characters, businesses, places, events, locales, and incidents are either the products of the author's imagination or used in a fictitious manner. Any resemblance to actual persons, living or dead, or actual events is purely coincidental.

This book is sold subject to the condition that it shall not by way of trade or otherwise, be lent, resold, hired out or otherwise circulated, without the publisher's prior consent, in any form of binding or cover other than that in which it is published.

www.ukiyoto.com

অদ্বিতীয়া

উত্তরণের গল্প

Written by Tulika Majumdar

Creators

Srihaan Mukherjee
Sriparno Kumar
Ushashi Vaskar
Avisikta Kar
Sneha Santra
Rony Roy
Aditya Roy
Bidisha Barman
Bipasha Mondal
Poulami Nandy
Subham Balmiki

Ukiyoto Publishing